Ma première soirée pyjama

Par Lauren Cecil
Illustré par Terry Workman

© 2012 Presses Aventure pour l'édition française.

Publié par Presses Aventure, une division de
Les Publications Modus Vivendi Inc.
55, rue Jean-Talon Ouest, 2e étage
Montréal (Québec) H2R 2W8
CANADA

www.groupemodus.com

Publié pour la première fois en 2010 par Grosset & Dunlap
sous le titre original *My first sleepover*

Éditeur : Marc Alain

Traduit de l'anglais par Karine Blanchard

Dépôt légal — Bibliothèque et Archives nationales du Québec, 2012
Dépôt légal — Bibliothèque et Archives Canada, 2012

ISBN 978-2-89660-453-1

Nous reconnaissons l'aide financière du gouvernement du Canada par l'entremise du Fonds du livre du Canada pour nos activités d'édition.

Gouvernement du Québec — Programme de crédit d'impôt pour l'édition de livres — Gestion SODEC

Imprimé en Chine

Par un bel après-midi, Fraisinette essaie des vêtements
à la Boutique de Mode de Framboisine.

Alors que Fraisinette regarde les vêtements de nuit, il lui vient une idée.
« Nous devrions organiser une soirée pyjama! » dit-elle, enthousiaste.

« Une soirée pyjama ? » répond Framboisine. Elle n'a pas l'air ravie du tout.
« Ce serait très amusant, dit Fraisinette. Nous pourrions inviter
toutes nos amies. »

Le lendemain, toutes les filles se rendent
au Fraisi-Café pour organiser la soirée pyjama.
« Nous pouvons faire la fête à la librairie », propose Bleuette.
« Je m'occupe de la musique », ajoute Prunelle.

« J'apporte un film », dit Mandarine.
« Je me charge de ce qu'il faut pour
nous mettre en beauté », dit Citronette.
« Je nous prépare des collations », offre Fraisinette.

« Framboisine, que veux-tu apporter ? » lui demande Fraisinette.
« Je suis très occupée à la Boutique de Mode, dit Framboisine.
Je n'ai pas le temps d'organiser la soirée. »
« Pas de problème, dit Fraisinette.
L'important, c'est que tu y participes ! »

La veille de la fête, Fraisinette reçoit un appel.
« Je ne me sens pas très bien, dit Framboisine.
Je ne pourrai pas venir à la soirée pyjama. »

Fraisinette est inquiète. Elle appelle toutes ses amies et, ensemble, elles vont voir Framboisine. « Tu vas bien ? » lui demande Fraisinette. « Chaque fois que nous parlons de la soirée pyjama, j'ai mal au ventre et je me sens étourdie », admet Framboisine.

« Hum… dit Bleuette. Es-tu déjà allée à une soirée pyjama ? »
« Non », répond Framboisine, embarrassée.
« Tu es sans doute mal à l'aise parce que tu es nerveuse à l'idée
de faire quelque chose de nouveau », suppose Mandarine.

« Tu as peut-être raison, dit Framboisine. Je ne sais pas si j'aimerai ce genre de soirée. Et si je m'ennuyais de la maison ? »
« Tu n'as qu'à apporter ton toutou favori, dit Mandarine. Il te réconfortera. »

« Et si je me réveille au beau milieu de la nuit ? » demande Framboisine.
« Tu n'as qu'à penser à ton histoire préférée
jusqu'à ce que tu te rendormes », dit Prunelle.

« Si tous ces trucs ne fonctionnent pas, tu peux toujours rentrer à la maison quand tu le souhaites », la rassure Fraisinette. « D'accord, dit Framboisine. Je veux bien essayer. »

Le soir de la fête, Framboisine rassemble ses affaires et se rend
à la librairie de Bleuette. Elle est encore un peu nerveuse.
« Salut, Framboisine ! dit Bleuette. Je suis contente
que tu sois là. Nous allons bien nous amuser ! »

Les filles commencent par danser sur leurs chansons préférées.
Framboisine adore suivre le rythme et se déhancher!

Ensuite, les filles grignotent les gâteaux aux trois petits fruits de Fraisinette.
« Miam, se dit Framboisine, les gâteaux de Fraisinette sont vraiment délicieux ! »

Plus tard, les filles se coiffent
et se pomponnent à tour de rôle.

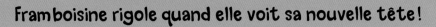

Framboisine rigole quand elle voit sa nouvelle tête!

À la fin de la soirée, les filles s'installent devant un bon film.

Quand le film est terminé, Fraisinette demande :
« Alors, Framboisine, tu t'amuses bien ? »
Framboisine ne répond pas. Elle s'est endormie !

Le lendemain matin, les filles déjeunent au Fraisi-Café. Pendant qu'elles dégustent leur repas, Fraisinette demande à Framboisine : « As-tu aimé ta première soirée pyjama finalement ? »

« C'était fantastique, répondit Framboisine. Le seul problème… »
« Oh, non! dit Fraisinette. Qu'est-ce qui ne va pas? »

« La soirée s'est terminée trop vite! dit Framboisine.
J'ai eu tellement de plaisir. J'ai déjà hâte à la prochaine fois! »